Título Original: *Le petit prince*

Autor: Antoine de Saint-Exupéry
Adaptado por Shim Sang Wu
Ilustrado por Kim Jun Ju
Traducción: Ana Drucker

ISBN: 978-9974-8011-0-3

Copyright © Yeowon Media, 2006. Seoul, Korea
Copyright © Idetor, 2007

Queda hecho el depósito que establece la Ley.
Libro de edición uruguaya.

Impreso en Daesinmumhwasa. YoungRim Print Co., Corea,
en el mes de febrero de 2008.

Antoine de Saint-Exupéry
El pequeño Príncipe

Adaptado por Shim Sang Wu
Ilustrado por Kim Hyun Ju

S
xy

ide
TOR

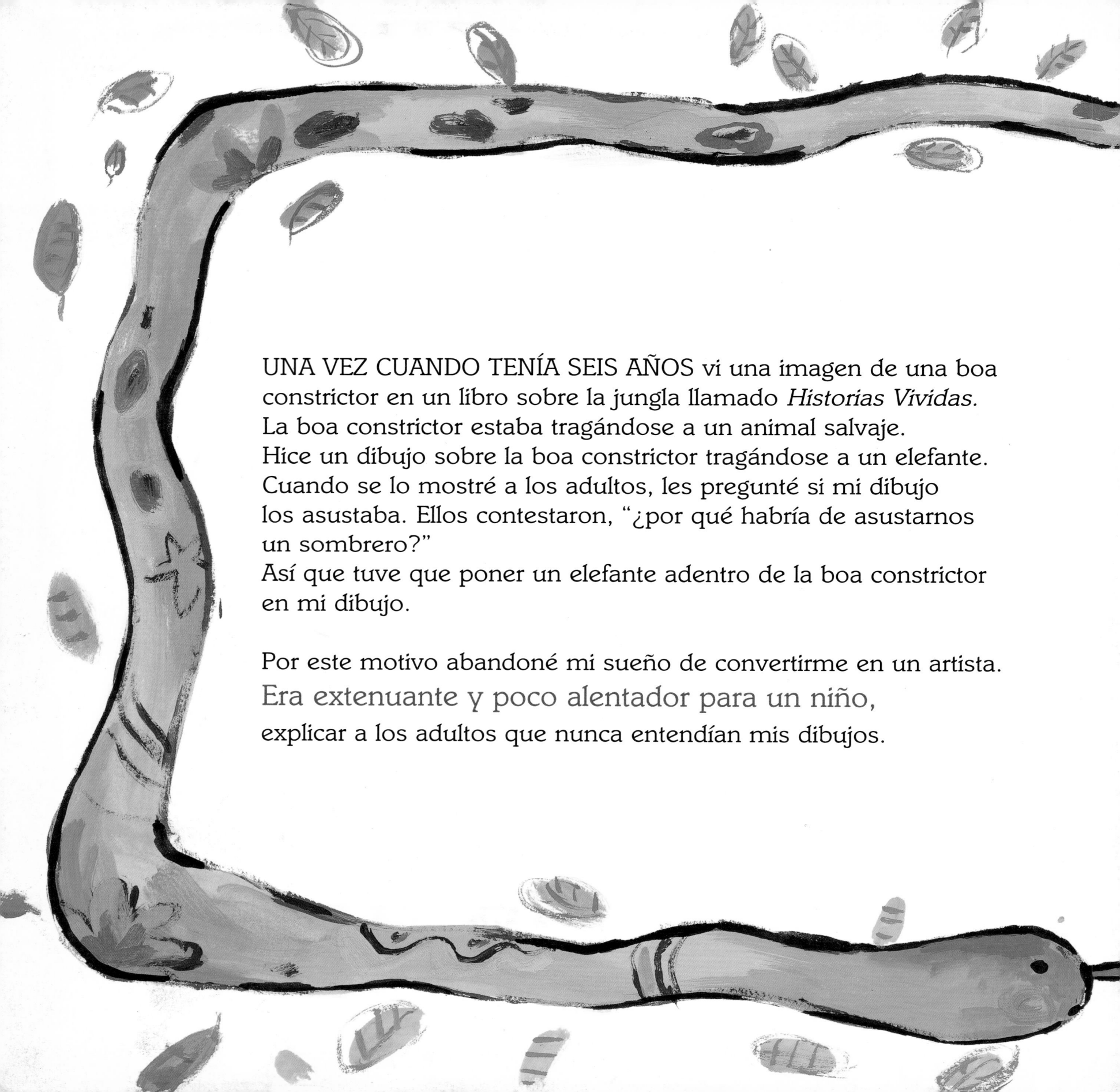

UNA VEZ CUANDO TENÍA SEIS AÑOS vi una imagen de una boa
constrictor en un libro sobre la jungla llamado *Historias Vividas.*
La boa constrictor estaba tragándose a un animal salvaje.
Hice un dibujo sobre la boa constrictor tragándose a un elefante.
Cuando se lo mostré a los adultos, les pregunté si mi dibujo
los asustaba. Ellos contestaron, "¿por qué habría de asustarnos
un sombrero?"
Así que tuve que poner un elefante adentro de la boa constrictor
en mi dibujo.

Por este motivo abandoné mi sueño de convertirme en un artista.
Era extenuante y poco alentador para un niño,
explicar a los adultos que nunca entendían mis dibujos.

Cuando crecí elegí como carrera ser piloto de avión.
He viajado a muchos países y he conocido a mucha gente.
Cada vez que encontré a un adulto que parecía bastante
inteligente como para darse cuenta de lo que significaba
mi dibujo de la boa constrictor,
se lo mostraba y él me contestaba "Eso es un sombrero".

Un día mi avión aterrizó de emergencia en la mitad del desierto del Sahara.
Me encontraba solo, como un hombre abandonado en la orilla luego de
un naufragio, mientras me ocupaba de reparar el motor de mi avión.
De pronto escuché una pequeña y graciosa voz diciendo,
— Por favor, puedes dibujarme un cordero.
Asombrado como si me hubiera caído un rayo, levanté la cabeza
y vi a una extraña y pequeña persona parada delante de mí.

El niño vino a mi encuentro en la mitad del desierto
de Dios sabe dónde...
Sin embargo, frente a este misterioso poder,
tomé un trozo de papel y una lapicera.
Como nunca antes había dibujado un cordero,
dibujé mi boa constrictor sin mostrar qué estaba adentro.

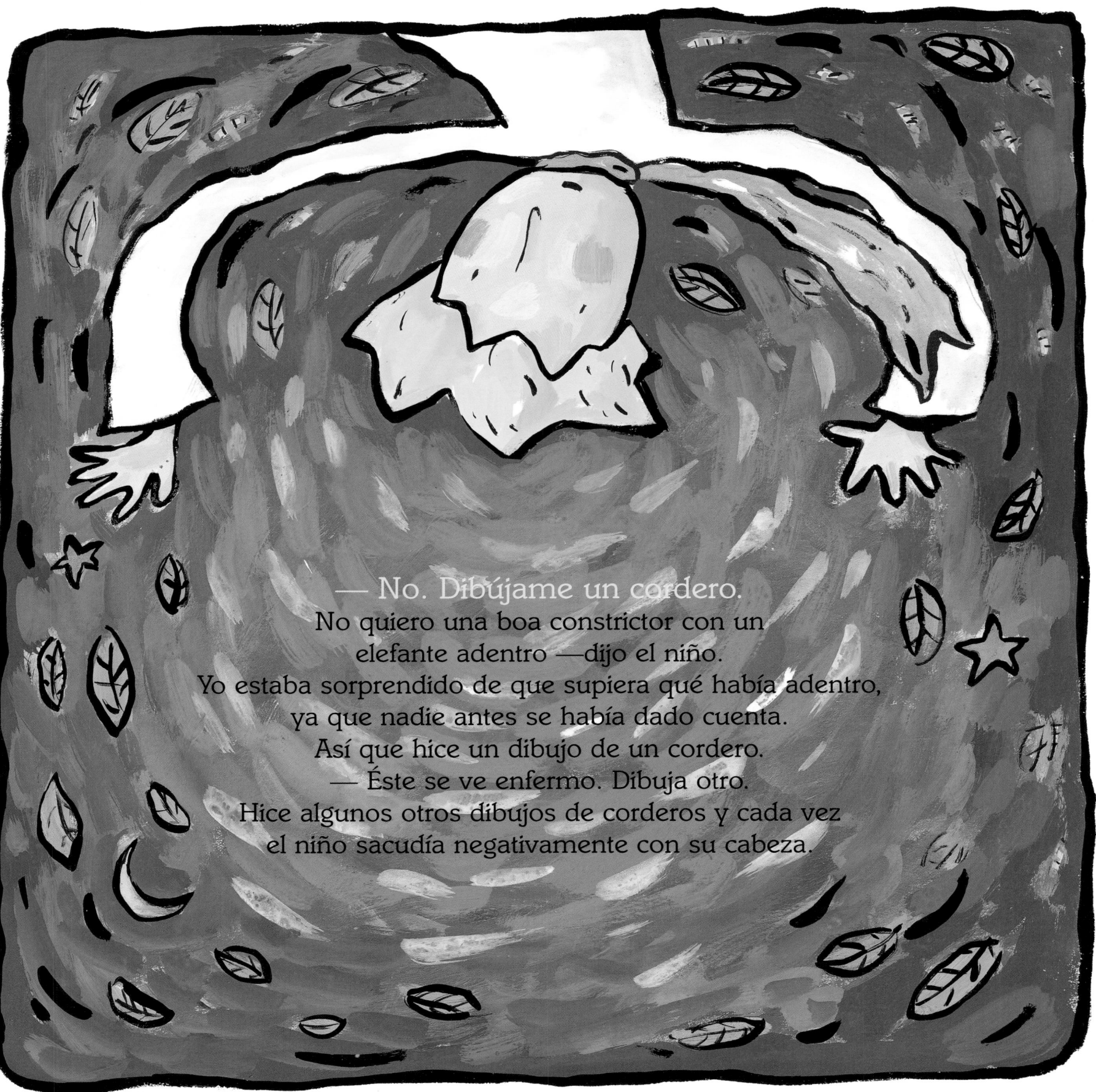

— No. Dibújame un cordero.
No quiero una boa constrictor con un
elefante adentro —dijo el niño.
Yo estaba sorprendido de que supiera qué había adentro,
ya que nadie antes se había dado cuenta.
Así que hice un dibujo de un cordero.
— Éste se ve enfermo. Dibuja otro.
Hice algunos otros dibujos de corderos y cada vez
el niño sacudía negativamente con su cabeza.

Finalmente, dibujé una caja y dije:

— Esta caja tiene adentro el cordero que tú quieres.

Asombrado, noté que la cara de mi pequeño amigo se veía contenta.
Así fue como conocí al pequeño príncipe.

Él me hizo muchísimas preguntas. Me preguntó sobre mi avión.

— ¿Qué es esa cosa que está allí?

— Vuela. Es un avión.

— ¡Entonces tú también te caíste del cielo! ¿De qué planeta vienes?

Aprendí que el planeta del que él venía era tan chiquito
que sólo podía albergar pequeños volcanes y algunos rosales.
Creo que su planeta era el Asteroide B–612.
—¿Es cierto que los corderos comen rosales?
—preguntó el pequeño príncipe con una mirada muy seria.
— Sí, es cierto —le respondí.

—¡Ah, qué bien! Entonces, ¿ellos también comen baobab? —agregó.

De hecho, en el planeta del pequeño príncipe había muchísimas
semillas de baobab. Si no se arrancaba el baobab al brotar,
crecería muchísimo y sus raíces atravesarían su pequeño planeta.
— Los baobab y los rosales se parecen mucho entre sí
cuando son jóvenes. Debes asegurarte que
arrancas los baobab regularmente.
Tienes que cuidar tu planeta.

Después de pensar en silencio, de repente me preguntó :
— Si un cordero come arbustos, ¿también come flores,
incluso las flores que tienen espinas?
— Incluso las flores que tienen espinas —contesté
sin preocuparme demasiado porque estaba
muy ocupado reparando el motor de mi avión.
— ¿Y si el cordero se come mi flor?

De pronto comenzó a llorar.
— No te preocupes. Voy a dibujar una cerca para proteger tu flor.

Me di cuenta de que estaba enamorado
de una flor única.
La flor también lo amaba, pero no expresaba
sus sentimientos. En lugar de ello,
lo lastimaba permanentemente.
Fue por eso que se escapó de su planeta.

Él vivía cerca de varios pequeños asteroides.
Los visitó uno detrás del otro.

El primero estaba habitado por un rey
al que le gustaba dar órdenes a la gente.
Todos los hombres eran sus súbditos.
— ¡Ah! ¡Acá viene un súbdito! —exclamó el rey
cuando vio al pequeño príncipe.
Él insistía en que su autoridad fuera
universalmente respetada.
— Los adultos son tan extraños… —dijo el pequeño príncipe.

El segundo planeta estaba habitado por un hombre
muy vanidoso al que le gustaba ser admirado.
Éste le preguntó al pequeño príncipe,
— ¿Realmente me admiras mucho? —y continuó—
soy el más buen mozo, el mejor vestido, el más rico,
y el hombre más inteligente del planeta.
El pequeño príncipe señaló:
— Pero eres el único hombre en tu planeta.
Pensó: "Los adultos son realmente muy extraños".

El siguiente planeta estaba habitado
por un borracho.
— ¿Por qué estás bebiendo? —preguntó
el pequeño príncipe.
— Para olvidarme de qué estoy
avergonzado —confesó el borracho.
— ¿De qué estás avergonzado? —quiso saber
el pequeño príncipe.
— ¡De beber! —concluyó el bebedor.
El pequeño príncipe continuó
su camino, confuso.
— Los adultos son realmente muy,
muy extraños —pensó.

El cuarto planeta pertenecía a
un hombre de negocios.
Esta persona estaba tan ocupada
que ni siquiera levantó su cabeza
cuando el pequeño príncipe llegó.
— Tengo tanto trabajo que hacer.
Ahora soy dueño de las
estrellas —dijo el hombre de negocios.
— Las deposité en el banco. Escribo
la cantidad de estrellas que tengo
en un trozo de papel.
— Los adultos son realmente
extraordinarios —fue todo lo que se dijo.

El quinto planeta era muy extraño.
Había solamente espacio para un farol de calle
y para un farolero.
Apagaba la lámpara cada mañana
y la prendía cuando oscurecía.
Pero el planeta giraba sobre su eje una vez por
minuto, así que prendía la lámpara y al siguiente
minuto la apagaba, y así sucesivamente.
El pequeño príncipe lo miraba,
encariñándose más y más
de este farolero que era
tan fiel a las órdenes.

El sexto planeta estaba habitado por un anciano que escribió libros enormes. Era un geógrafo que conocía la ubicación de los mares, los ríos, las montañas y los desiertos.

— ¿Qué lugar me recomiendas para visitar? —le preguntó el pequeño príncipe.

— El planeta Tierra —contestó el geógrafo— . Es un lugar agradable.

Y el pequeño príncipe continuó su camino.

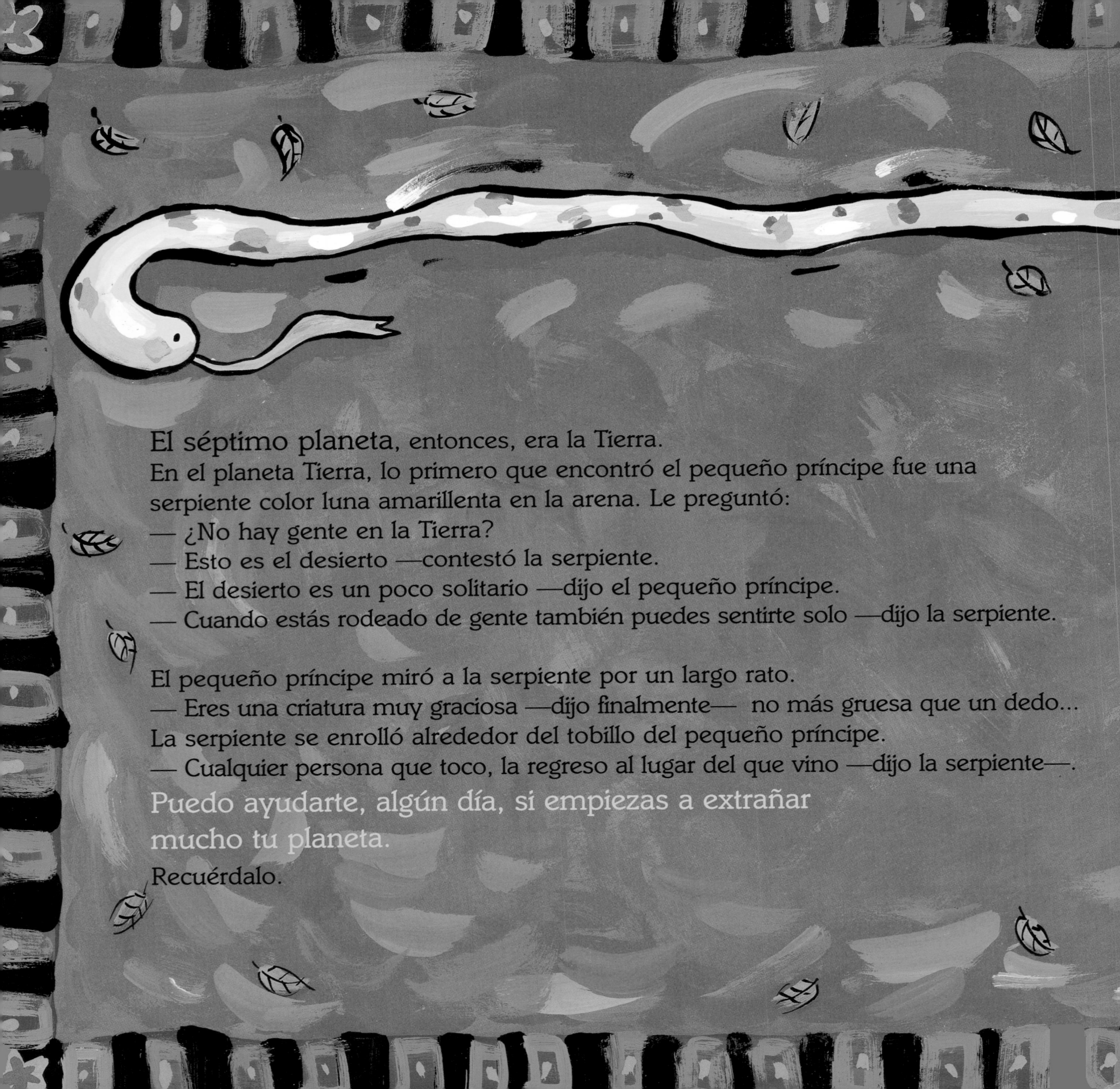

El séptimo planeta, entonces, era la Tierra.

En el planeta Tierra, lo primero que encontró el pequeño príncipe fue una serpiente color luna amarillenta en la arena. Le preguntó:

— ¿No hay gente en la Tierra?

— Esto es el desierto —contestó la serpiente.

— El desierto es un poco solitario —dijo el pequeño príncipe.

— Cuando estás rodeado de gente también puedes sentirte solo —dijo la serpiente.

El pequeño príncipe miró a la serpiente por un largo rato.

— Eres una criatura muy graciosa —dijo finalmente— no más gruesa que un dedo...

La serpiente se enrolló alrededor del tobillo del pequeño príncipe.

— Cualquier persona que toco, la regreso al lugar del que vino —dijo la serpiente—.

Puedo ayudarte, algún día, si empiezas a extrañar mucho tu planeta.

Recuérdalo.

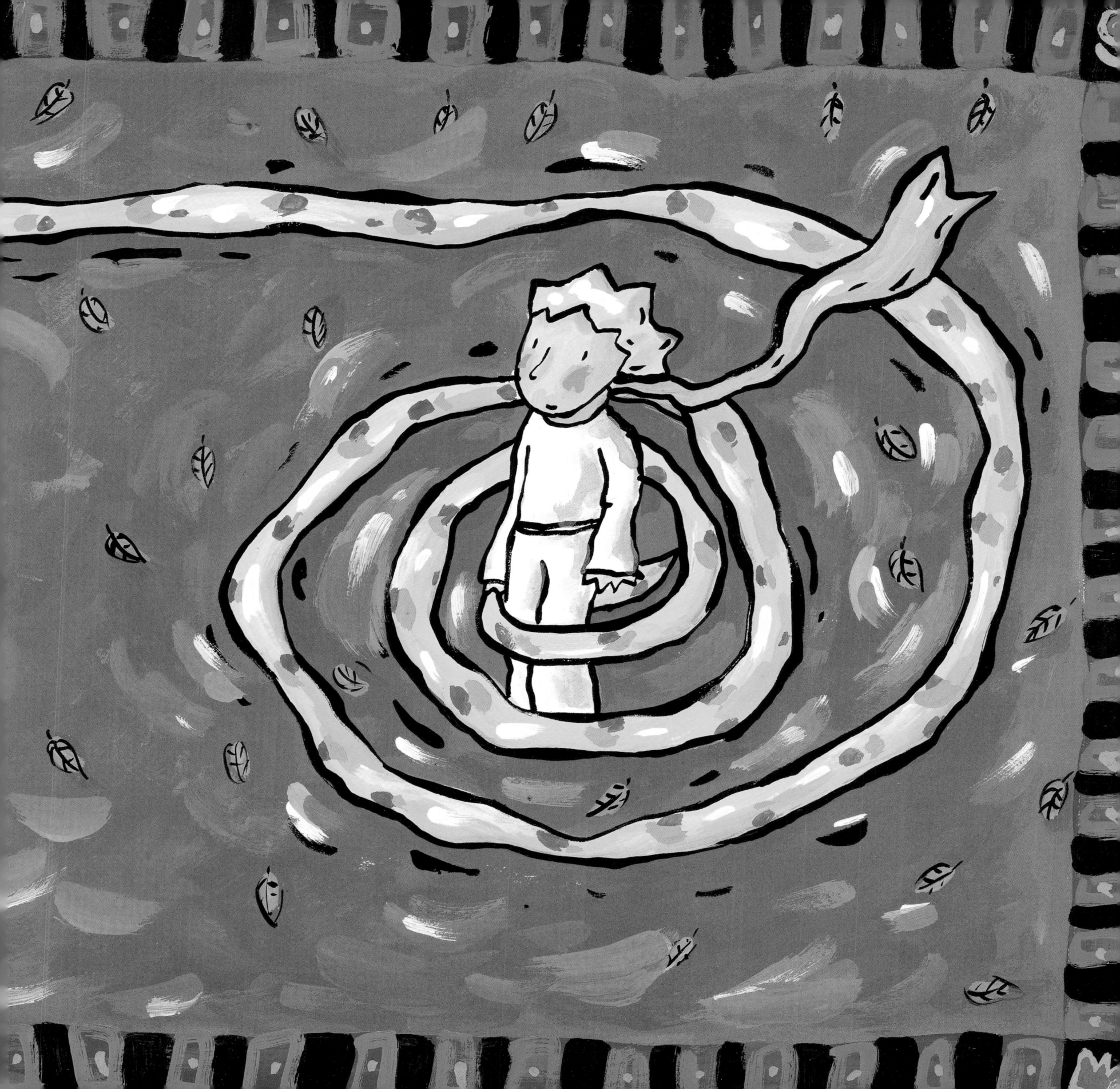

El pequeño príncipe cruzó el desierto.
Vio un jardín de rosas floreciente.
Todas las rosas se parecían a su flor.

Se sentía muy infeliz.
Su flor le había dicho que ella era la única en
su tipo en todo el universo.
Se acostó sobre el pasto y lloró.

Fue en ese momento cuando apareció el zorro.

— Ven a jugar conmigo —le propuso el pequeño príncipe—. Me siento tan triste.

El zorro le dijo:

— No puedo jugar contigo, no estoy domesticado.

— ¡Ah! Discúlpame —dijo el pequeño príncipe.

Pero después de pensar añadió:
— ¿Qué quiere decir domesticado?
— Quiere decir "crear lazos"…   —dijo el zorro—.

Si me domesticas, nos necesitáremos el uno al otro.

Tú serás el único niño del mundo para mí.
Yo seré el único zorro del mundo para ti.
¡Por favor... domestícame!
— ¿Qué tengo que hacer? —preguntó el pequeño príncipe.
— Tienes que ser muy paciente —contestó el zorro.

Llegó el día en que el pequeño príncipe
tuvo que separarse del zorro.
— Uno ve claramente sólo con el corazón.
Lo esencial es invisible a los ojos

—dijo el zorro—. Es el tiempo que tú pasas
con tu rosa lo que la hace tan importante.

Habían pasado ocho días desde mi
aterrizaje de emergencia.
Estábamos los dos sedientos y hambrientos.
Mientras el pequeño príncipe estaba quedándose dormido,
lo levanté en mis brazos, y comencé a caminar.
Y caminando así, encontré un aljibe al amanecer.

Junto al aljibe había una ruina, una vieja pared de piedra.
Escuché al pequeño príncipe que
estaba sentado sobre la pared y hablaba.
— ¿Es bueno tu veneno? ¿Estás seguro que no me hará
sufrir mucho tiempo?
Me quedé paralizado, mientras que mi corazón latía.
— Ahora vete —dijo el pequeño príncipe—. ¡Quiero
bajarme de aquí!
Miré hacia abajo, en dirección a la base de la pared
y me asusté. Había una serpiente color luna amarillenta,
de la clase que puede matarte en treinta segundos.
Con el sonido que hice, la serpiente se movió
sobre la arena como un chorro de agua.

— Me alegra que hayas arreglado tu motor —dijo él—.
Ahora puedes regresar a tu casa...
— ¿Cómo supiste? —pregunté, pero él no contestó
mi pregunta. Todo lo que dijo fue:
— Yo también me voy hoy.
Y agregó:
— En una de las estrellas estaré viviendo.
En una de ellas estaré riendo.

Así cuando mires el cielo de noche será
como si todas las estrellas estuvieran riendo.
La serpiente color luna amarilla se enrolló
otra vez alrededor de su tobillo.
Me dejó sin hacer un solo ruido.
Y volé de regreso a mi casa sano y salvo.

Todo es un gran misterio.
Para mí, nada en el universo puede volver
a ser lo mismo si en algún lugar,
nadie sabe dónde, un cordero que nunca vimos
ha comido o no ha comido una rosa...
y ningún adulto entenderá jamás
cómo algo así puede ser tan importante.

El pequeño príncipe

Una historia aleccionadora

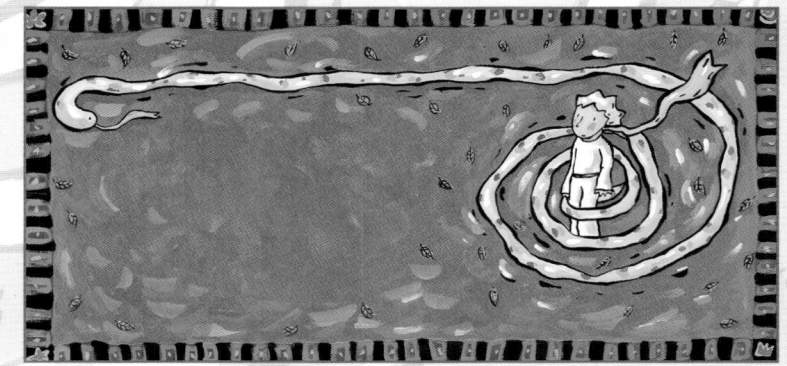

La obra del autor **Shim Sang Wu** fue seleccionado en 1986 para el *Contemporary Literature Award*, recibiendo el primer premio en *MBC Creative Story Writing*. Durante los últimos dieciséis años ha estado editando libros infantiles. Ha escrito más de treinta y cinco libros, entre los que se destacan *I Love my Uncle*, *Kyungbok Place* y el libro de ciencia *Look and Sink*.

Las ilustraciones de **Kim Hyun Ju** han sido premiadas en la *Korean Fine Arts Exhibition* y recibió el segundo premio en el *Hankook Daily Newspaper Advertisement Award*. Su obra incluye *Story about Tiger*; *Silly and Goblin*; *Follow Me*; *Wow, Yummy Verses*; *Kindergarten Story* además de historias publicadas en internet como *Growing an Apple Tree*, entre otras. Para ilustrar esta obra utilizó pinturas acrílicas y para lograr la atención de los niños empleó colores fuertes y llamativos.

Sobre el autor y su obra

El pequeño príncipe [1] es la primera historia de Antoine de Saint-Exupéry (1900 - 1944) que él mismo ilustró. Saint-Exupéry nació en Lyon (Francia) en el seno de una familia noble provincial, y tuvo una infancia feliz. Al igual que el protagonista en esta historia, él también fue piloto. Trabajó en la compañía de transporte de correo *Aéropostale* hasta que se unió al ejército en la Segunda Guerra Mundial. Quizá fue por eso que haya escrito muchas historias relacionadas con la aviación, tales como *Vuelo nocturno*, *Piloto de guerra* y *El Príncipito*, la cual escribió luego de un accidente aéreo en el desierto de Libia. Los últimos momentos de Saint-Exupéry transcurrieron también en un avión. Su avión desapareció mientras realizaba un vuelo de reconocimiento en la Segunda Guerra Mundial.

Nota 1: La traducción de la obra al español publicada por Emecé Editores tiene como título *El principito*, que es un modismo argentino.

Una guía para padres

La historia comienza con un encuentro accidental en el desierto entre "yo" (el piloto) y un pequeño príncipe que vivía en un pequeño planeta, cuidando a su preciosa rosa. Sin embargo, deja a su rosa para viajar a otros planetas cercanos, ya que él y su rosa no saben cómo amarse. Esta historia sorprende por el uso de las metáforas y los simbolismos. A través de la relación del pequeño príncipe con su rosa, aprendemos que el amor conlleva responsabilidad y confianza. Al mostrarnos ejemplos de cómo la gente vive en diferentes planetas, nos hace reflexionar sobre el significado de la vida. Los padres deben prestar especial atención a la historia que inicia el relato. "Una vez cuando tenía seis años hice un dibujo sobre la boa constrictor tragándose a un elefante. Cuando se lo mostré a los adultos, les pregunté si mi dibujo los asustaba. Ellos contestaron, ¿por qué habría de asustarnos un sombrero? Así que tuve que poner un elefante adentro de la boa constrictor en mi dibujo." A pesar de que no fue incluida en esta versión, la historia original presenta a varios adultos aconsejando al joven narrador a interesarse en la historia o gramática en vez de perder el tiempo haciendo dibujos inútiles. Así, el narrador pronto abandona su sueño de convertirse en un artista y comprende que los adultos no pueden entender nada por sí mismos, sin la constante explicación de los niños.

Este es un enorme abismo entre los adultos y los niños. Esta parte de la historia muestra un mensaje filosófico y crítico: los adultos no deberían juzgar a los niños a través del punto de vista "adulto" del mundo. Los niños son más puros e inocentes que los adultos y por lo tanto atesoran sus sueños.

El especialista en literatura infantil **Lee Sang Bae** comenzó su trabajo creativo después de recibir el premio *Monthly Literature New Comers*. Ha recibido también los siguientes galardones: *Korean Literature Award*, *KoreanChildren´s Story Award* y *Children´s Literature Award*.